KB004272

울 어머니 햇빛

울 어머니 햇빛

지은이·장승심
펴낸이·유재영
펴낸곳·주식회사 동학사

1판 1쇄·2020년 11월 20일
출판등록·1987년 11월 27일 제10-149

주소·04083 서울 마포구 토정로53 (합정동)
전화·324-6130, 324-6131 | 팩스·324-6135
E-메일 | dhsbook@hanmail.net
홈페이지 | www.donghaksa.co.kr
         www.green-home.co.kr

ⓒ 장승심, 2020

ISBN 978-89-7190-762-7 03810

울 어머니 햇빛

장승심 시조집

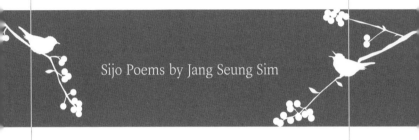

Sijo Poems by Jang Seung Sim

 동학사

축복받은 우리 산하山河
아름다운 우리 자연自然
두 발로 걸으며 시에 담았습니다.

시는 제 생각의 집입니다.
그래서 장식도 하고 구석 틈을 채우고
닦아내고 쓸어내기도 하지요.

그러면서 저를 키워갑니다.
『구상나무 얹힌 생각』에 이어 두 번째 시집을 냅니다.
늘 부족함을 알지만 그래도 시 쓰는 제가 좋습니다.

2020년 11월
장승심

울 어머니 햇빛

장승심 시조집 | 차례

01

02

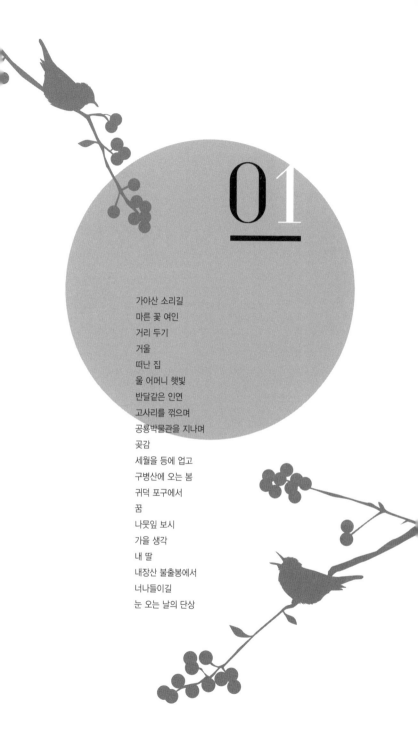

01

가야산 소리길

가야산 휘어감아 굽이굽이 흘렀다
세속 말씀 지워놓고 독경이나 하자고

갈수록
멀고도 험한
초록빛 묵언수행

흘러가는 산 속 일도 물빛만큼 맑았다
호통소리, 죽비소리 가슴으로 품어 안고

오늘도
씻어 내리며
낮춰 흘러가는 길

마른 꽃 여인

무채색 흐린 별빛
가을 이불 덮고서

그리움 베고 누워
시간을 세는 여인

불면증
마른 꽃 위에
쌓여가는 바람의 켜

거리 두기

소중한 너와 내가 지켜내야 하는 거리
나를 위해 너를 위해 눈 맞춤 대화하기
따뜻한
너의 손 감촉
간절해도 참으며

너와 나 멀어진 길 인정마저 멀어질까
코로나 덮고 간 인적 없는 길이라도
보듬어
이어주고파
지워지지 않도록

장소 잃은 슬픔을 사람 잃은 슬픔을
거리에 새겨두네 마음에 새겨두네
그 시절
못 돌아온들
잊혀지지 않도록

거울

거울을 본다 아니 거울이 나를 본다
퀭한 두 눈 입술 위 세로 주름

누적된
세월의 켜와 결
거울 속에 옮겨 왔네

내가 나를 보는데 거울이 나를 본다
동그란 네모 그 속에 갇힌 세모 같은 나

진실은
거울 안에서
침묵으로 말한다

떠난 집

사방이 산맥으로 둘러싸인 겨울 산촌
지붕 낮은 초가집 알전구 노란 불빛
굴뚝엔
기다리는 가족
퍼져가는 고향내음

저녁놀 비끼어 선 산마루 겨울나무
앙상한 가지들이 서로서로 등이 되어
따스한
저녁 햇살로
감싸주는 산마을

산 그림자 슬며시 지붕 위를 덮으면
다독이듯 초저녁달 마당 위를 비추고
떠난 집
그리운 생각
바람결에 돌아오네

울 어머니 햇빛

어제 온 첫 추위에 움츠러든 어깨 위로
오늘은 웬일인지 가족 같은 햇빛들이
어머니
어깨에 앉아
토닥토닥 정겹네

여든셋 울 어머니 도지신 관절염에
욱신욱신 무릎 통증 거친 손 마디마디
한겨울
따순 햇빛이
자식보다 낫다네

반달같은 인연

인연도 지워보면
반달 같은 자국이다

떠나간 그 자리에
외론 별로 홀로 떠서,

녹이 슨
세월이 가면

우리 다시
만나질까

고사리를 꺾으며

가시덤불
헤치며
고사리를 꺾는 여인

염원하며
살아온 세월
낮추어 구부린 삶

봄 햇살
등에 업으며
걸음마다 절하네

공룡박물관을 지나며

오래전 공룡들이 뛰놀았을 고성 들판
지금은 겨울 햇살 빈들만이 침묵하네
그 누가
이 길에 서서
공룡들을 불러낼까

산으로 둘러싸여 평화로운 고성 하늘
날아오른 익룡따라 울음소리 높았을 터
눈감고
쿵쾅거리던
발소리를 듣고 있네

곶감

하이얀 분칠하고
얌전히 줄을 섰네

가을 볕 따순 하늘
바람 솔솔 달래더니

드디어 꽃치장 하고
고운 얼굴 선보이네

생각하면 한 세월은
인고의 시간이네

봄바람 차곡차곡
여름 볕 한켜 한켜

알알이 엄니 소금꽃
이 겨울을 나고 있네

세월을 등에 업고

바람에 뭉실뭉실 산꼭대기 넘더니
단숨에 바다로 달려 태평양을 넘었구나
한평생
먼 것 같더니
구름 같은 내 인생

사는 게 힘들다고 아등바등 서걱대도
결국은 바람처럼 흩어지면 그만인 걸
세월을
등에 업고서
힘들게도 왔구나

구병산에 오는 봄

봉우리가 아홉 개라
구병산이라 했다던가

숨차 오른 등성이로
솟구친 바위들이

하산 길
뒤돌아보니
아홉 폭 병풍이다

바위산 어느 틈에
생명의 물 품었던가

졸졸졸 물소리가
봄을 몰고 내려오니

산수유
고운 향기에
온 산하가 눈을 뜨네

귀덕 포구에서

겨울 바다 하얀 물보라
단조로 우는 갈매기

갯강구 재빠르게
구석으로 스며들고

한없이
오가는 물결
그리움을 싣고 가네

꿈

밤새도록 선풍기
산 계곡 바람소리

앞서가신 어머님
부채질 꿈결인 듯

잠 깨어
돌아눕는 밤
언뜻 다녀가셨네

나뭇잎 보시

제 살은
벌레에게
몸 보시로 내어주고

뚫린 창은 공손히
바람에게 내어주니

나뭇잎
살아온 업보
돌부처도 웃는 가을

가을 생각

물억새 바람결에
씨앗 모두 날린 가을

온종일 빈 방에서
홀로된 나와 놀다

가만히
두 손을 모아
가을볕에 감사했다

오늘은 내 인생길
어느 만큼 걸어왔나

삶이란 여정에서
잠시 걸음 멈추고

바라본
서쪽하늘엔
저녁놀이 환했다

내 딸

분홍빛 여린 입술 꼼지락 대던 손가락
배냇짓에 웃음짓다 여자일생 걱정했다
무심한 남녀 차별에 상처받던, 꽃 같은

유난히 착한 심성 동생 위한 장남감엔
일년 모은 용돈마저 아낌없이 다 내주고
친구와 놀고 싶어도 동생 돌봄, 양보하던

노력만큼 바뀐다며 열심히 살던 의지
병이 나도 끝내는 이겨내어 주었지
가족에 희망을 주고 감사하며, 살게해 준

온전히 존재만으로 행복하고 감사한 삶
온 우주에 하나뿐인 귀하고 귀한 사람
바람에 흔들리면서도 살아줘서, 고마운

내장산 불출봉에서

수직계단 기어올라 고행으로 닳은 산은
발아래 세상 보며 맘껏 웃고 있었네
바람에
묻어오는 염불
나무아미 타아불

허공에 둔 철난간은 그 누가 세웠을까
발아래 허공을 보니 떨어질까 조마조마
차라리
모두 놓으면
무서움이 덜할까

지장보살 살려줍써 난간 끝을 꽉 잡고서
조심조심 내려오니 연자봉이 마주 웃고
불심이
절로 나오네
나무아미 타아불

너나들이길

삼나무 높이 자란 절물 숲속 들어서면
하하 호호 돌하르방 배꼽 잡고 웃고 있네
평상에
더위 눕히고
초록 바람 부채질

마음 놓고 쉬어 보네 산 공기 맑은 숨결
천천히 걸어보는 너나들이 숲길엔
진초록
상산나무 향
코끝에 머무는 길

오르막길 편안하게 돌아가며 올라가네
동산인 듯 평지인 듯 걷다 보면 한 바퀴
인생길
이러면 좋겠네
너나들이 길처럼

눈 오는 날의 단상

아이 때는 하얀 눈 언제와도 즐거웠어
형제들과 마당에서 눈덩이 굴려가며
눈사람
못생겼지만
볼 때마다 좋았지

어른 되니 출근길에 사고 날까 조바심
하얀 눈 염려되고 빙판길 설설 기며
낭만은
저만치 가고
오가는 길 살폈지

나날이 걱정 늘어 한 해 두 해 쌓여가니
어머니, 자식 손주 넘어질까 조마조마
하얀 눈
그대로인데
심성만 늙어가네

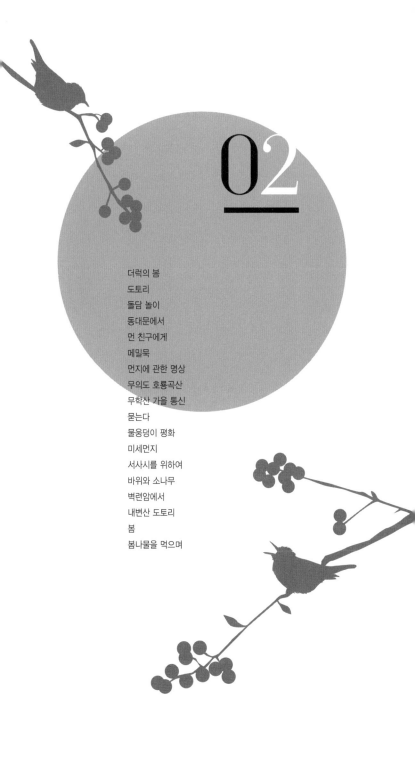

02

더럭의 봄

어린 물색 연두 빛깔 새 땅 위에 깔아놓고
분홍 꽃잎 하늘 위로 기지개 펴고 나면
냉이꽃
흰 바람 타고
하늘하늘 아지랑이

고려적 연꽃 향기 연화 못에 숨어있고
허리 굽은 할미꽃 집 앞에 마중 나와
돌담에
기대어 앉아
읊조리는 고향의 봄

이맘때면 피고 지는 매화꽃 복숭아꽃
향긋한 꽃 내음을 마시며 사는 마을
울타리
작은 돌담들
정겨운 눈빛 주네

도토리

가을이 오는 산길
풋 도토리 굴러가네

땅으로 내려올
준비가 안 됐던지

채 익지
못한 아쉬움
태반집 꼭 잡고 있네

돌담 놀이

어린아이 서넛이 담을 타고 넘나들다
"다칠라" 걱정소리에 얼른 넘는 운동화
돌담이
냉큼 잡았다
같이 놀고 싶다고

심심하던 담구멍 신발잡기 재밌나봐
친구 따라 가려는 아이 맘을 모르네
'담구멍
너, 그래봤자야'
신발 빼며 웃는 아이

동대문에서

장소에 시간 쌓여 역사가 되었느니
동대문 운동장은 옛말로 사라지고
주변엔
화려한 빌딩
우뚝 솟아 지켜보네

사람살이 그렇거늘 추억 쌓인 곳곳마다
평화시장 동대문시장 두타몰 밀리오레
청계천
물길을 따라
고단한 생 흐르네

죽도록 살고 싶었던 전태일 버들다리
두려움을 앞선 용기 오늘도 되살아나
타올라
영원을 사는
또 하나의 꿈이네

먼 친구에게

잊었던 기억들이
풀잎처럼 돋아나서

이봄에
라일락 같은
향기를 얹는구나

낯선 땅
그래도 잘 지내길…
아직도 나 생각하니?

메밀묵

어머님 가실 즈음 즐겨듣던 천수경

일으킬 기력조차 없으셔도 반기시던

온 얼굴

그윽한 미소

부드러운 염불 같은,

먼지에 관한 명상

머리를 비운다 끊임없는 생각들

소리를 읽는다 물소리 음악소리

나는 왜 여기에 앉아 눈을 감고 헤매나

본래의 나는 어디서 왔는가

미래의 나는 어디로 가는가

참으로 실재하는 나 있기는 한 건가

몸과 맘은 바람 같아 흐르고 흐르다가

한 여름밤 꿈처럼 허공에 구름처럼

내 영혼 자유로운 날 먼지되어 소멸하리

무의도 호룡곡산

작은 섬 겁도 없이
호랑이와 용을 불러

서해 바다 호령하네
큼지막한 함성이네

모래벌
물무늬 파도
얌전하게 엎드리네

무학산 가을 통신

가을빛 지나간 자리
구멍 뚫린 떡갈 낙엽

온 산을 덮고 있구나
소식 무성 하구나

자꾸만 가렵던 귓가
암호 풀린 가을 산

묻는다

그리움이
또 다른 그리움에게

슬픔이
또 다른 슬픔에게

네 마음
흔들고 간 자리

바람이 와서
묻는다

물웅덩이 평화

관음사 탐라계곡 물웅덩이 작은 세상
흰 구름 파란 하늘 초록 나무 딱따구리
모두가 사이좋구나 물속에서 옹기종기

개구리 움직이면 동심원 파문 그림
소금쟁이 뜀박질에 활짝 웃는 잠자리
바람도 새소리 섞여 물속에 쉬어가고

버섯 놀던 달팽이 무심한 듯 걸어가고
참개구리 청개구리 어깨동무 사는 이곳
참으로 평화롭구나 인간 세상 이랬으면

미세먼지

공기 좋단 말의 뜻을 모르고 살았는데
세상이 희부옇게 안개 같은 미세먼지
아득타
맘껏 심호흡
숨 쉬었던 그날이

한라산 숨결마저 오름에 닿지 못해
제 모습 감추었네 술래잡기 아닌데
고맙게
찾아온 봄도
제 할 일을 잊었다

서사시를 위하여

- 민달팽이

평생을 오체투지
다음 생 기약하며

죽으라면 죽으리라
거룩한 용맹정진

마지막
서사시 한 편

한 줄 글로
쓰고 있네

바위와 소나무

마당가 흰 접시꽃 빗방울 머금은 채
갸우뚱 졸고 있는 유월도 중순 무렵
바위에
겨우 버티는
소나무에 비 내리네

운명이라 하기에는 너무나 가혹한데
가끔은 구름오고 비 한줌 뿌려주면
고마워
힘을 내볼게
목축이며 살아가네

나는 왜 척박한 이 바위에 뿌리를 두었나
한탄도 하지 않고 비교도 하지 않고
오로지
앞만 보는가
운명 속에 숨긴 한 생

벽련암에서

내장산 벽련암에서 거꾸로 본 서래봉
써레 같은 암벽이 하늘 딛고 서있는데
부처님
말씀 하나가
구름 타고 나르네

거꾸로 돌려살면 아기처럼 순해질까
자꾸만 저울질하고 따지는 성질머리
세상을
거꾸로 보니
다른 세계 열리네

내변산 도토리

변산반도 국립공원
내변산 숲속에는

오붓한 고운 숲길
선녀탕 숨어있어

폭포수
하늘 끝에서
내려올까 선녀는

구름은 바람 품고
바람은 해님 품어

따스한 가을 산행
내소사로 향하는데

도토리
떽 데구루루
고요 속에 숨어 드네

봄

자세히
들여다 봄
어제와 다른 산빛

멀리
내어다 봄
어제와 다른 바닷빛

햇살에
입맞추는 봄
헤실헤실 바람빛

봄나물을 먹으며

오늘은 식탁 위에 봄나물이 돋아났다
두릅 방풍 고사리 향기마다 독특하니
심신이
행복하구나
봄기운이 다알콤

가시 돋친 두릅나무 향기 이리 짙었구나
겨울 담긴 방풍 잎엔 쌉싸름한 연두 향기
고사리
굽은 허리로
봄맛인 양 쓰으릉

해마다 봄이 오면 제 할 일을 어찌 알고
세월 가도 변치 않는 바람 맛을 품고서
나도야
봄나물처럼
품고 심네 사람 향기

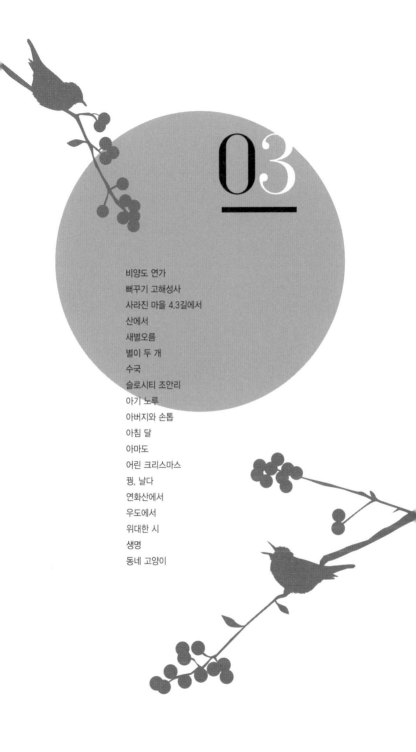

03

비양도 연가

내 너를 잊은 날이
하루인들 있었을까

야단맞은 아이처럼
품에 들지 못하고

에두른 바닷물 속에
홀로이 선 내 사랑

가까이 앉았어도
마음은 먼 태평양

정 줄수록 달아나는
심사는 무엇인지

다정은 석양에 비낀
저녁구름 같구나

뻐꾸기 고해성사

책 읽다 눈을 드니 창밖엔 세풍사우
뽕나무 푸른 오디 잎새 뒤 숨어 크고
어딘가
뻐꾹새 울음
젖지 않고 들려오네

다른 어미 맡긴 새끼 잘 크는가 걱정인지
남의 알을 밀어 버린 자기 죄를 고하는지
비에도
씻지 못하는
고해성사 뻑뻐꾹!

사라진 마을 4.3길에서

어디선가 작은 아이 달려 나올 것만 같아
족대낭 울타리는 눈에 익은 풍경인데
사람은
다 어디 갔나
빈 거리에 침묵만

나는 모르노라 참으로 모르노라
누가 누구를 죽음 앞에 고했는지
죽어도
못 감은 두 눈
통곡도 사치였구나

까닭없이 죽은 목숨 곡절 속에 잃은 마을
어이하여 어이하여 어이하여 어이하여
먼 하늘
울음 머금은
구름조차 무겁구나

산에서

마음 하나 무거워 내려놓지 못하는데
어린 산 가벼웁게 구름 들고 나르네
바람아
연둣빛 향기에
시름 잊게 해다오

초록초록 빗소리 쪼롱쪼롱 새소리
맑디맑은 산바람 시원시원 계곡물
사람아
푸른 산처럼
서로 도움 주고 받게

곱디고운 단풍잎 알차게 여문 도토리
눈으로 입으로 익은 산을 맘에 두네
세월아
나도 산처럼
살아가게 해다오

새별오름

어느 가을
새별 뜨는
오름 마루 올라앉아

한시름
수척한 가슴
동그마니 앉아서

억새꽃
삭은 바람에
울다가 간 저녁별

별이 두 개

이 한밤 어디에서

누군가 날 그리는지

남녘 창 밤하늘에

또렷한 별이 두 개

풀벌레

세레나데로

밤이 짧은 늦여름

수국

기인 장마 물 냄새
숨어든 숲길에서

젖은 바람 흔드는
수국수국 한 다발

파르란
이마 들고 선
여승 같은 꽃이여

슬로시티 조안리

억새꽃 나부끼는 강가에 앉아보니
흐르는 햇빛 받아 강물은 윤슬되고
나직이
속살거리는
이야기가 들리네

서로를 향하는 그리운 마음들이
물결로 바람으로 다가가 만났어라
조안리
강가에서는
둥지처럼 깃드네

알 작은 고구마구이, 연잎 향기 막걸리 잔
다정히 권해주는 정다운 손길 있어
이승도
아름다워라
슬로시티 조안리

아기 노루

굴거리잎 오물오물 아침식사 아기노루
불청객이 쳐다봐도 어미 믿고 태연하대
맑은 눈
경계심 없이
사진기를 보더라

보드란 솜털에 싸인 자그만 노루 뿔은
새싹처럼 나오려나 간지러워 보이대
가만히
쳐다보길래
말을 걸 듯 나도 봤어

아버지와 손톱

돋보기 쓰고 앉아 손톱을 깎다 보니
햇볕 밝은 양지에 어린 나를 앞에 두고
둥글게
다듬어 주시던
아버지가 그립습니다

세로줄 무늬에다 선명한 반월 모양
그 옛날 도장 파던 아버지 닮은 손톱인데
재주는
닮지 못하니
생김새가 아쉽습니다

모나면 안 된다고 남 다치게 한다고
정성들여 쇠 가위로 조심조심 둥글리던
아버지,
초승달 손톱
웃는 것만 같습니다

아침 달

장마 지난 맑은 아침
서녘 하늘 아침 달

헤엄치는 흰 구름
청량한 바람 뚫고

눈부셔
차마 못 보던
해님 보려 기다렸네

매일 저녁 손 흔들며
너 오면 나는 가고

상사화 이별 고통
흩어지던 노을 구름

그리움
더는 못 참고
해 마중을 나왔네

아마도

― 애야! 들어보렴

바람도 잠시 잠깐 푸른 어깨 내려 놓으면
초록빛 벌레 울음 나뭇잎에 숨어들거든
아마도
이런 순간에
곡식들이 익을 거야

낮잠 깬 바람이 고개를 두리번거리면
나뭇잎 몸 뒤척여 살랑살랑 얼러주거든
아마도
이런 순간에
열매들이 익을 거야

더워도 열심히 사는 사람 소중하듯이
여름 햇빛 뜨거워도 제 할 일 다 하거든
아마도
이런 순간엔
기도하고 싶을 거야

어린 크리스마스

달캉달캉 겨울바람 창가에서 놀던 밤은
오십년 된 어린 생각 따뜻하게 자라나서
가족들
모여앉아서
웃던 풍경 그립네

젊으신 엄마 아빠 정 많던 내 형제들
또 뽑기 캔디놀이 마냥 좋던 시간들
성탄절
아침을 깨운
찬송가도 좋았네

속절없는 세월은 그리운 이 데려가고
남은 시간 짧다고 나에게 알려주니
이제는
희끗한 머리
노안으로 아련하네

꿩, 날다

햇빛에 산은 졸고
미륵도 눈감은 곳

황금빛 날개 치며
푸드득, 꿩이 날자

젊은 산
초록빛 파도
저리 출렁, 입니다

연화산에서

비탈에 선 나무도 우듬지는 하늘 품고
낙엽이 날아가도 끝내는 땅에 눕네

숲마저
제 갈 길 찾아
걸어가는 이 가을

영원을 기약하긴 힘들다 하였지만
사람을 사랑하고 생명을 귀히 알자

옥천사
씻어 내리는
저 물소리 뜨겁다

우도에서

돌아선 너와 내가
멀어진 가시거리

눈앞에 서있어도
다가갈 수 없는 난

에돌며 바라만 보네
눈물을 삼키네

길 따라 걸어가도
다시오면 그 자리

등대에 올랐어도
비춰볼 곳 없구나

네 안에 가둬 둔 나를
풀어다오 이제는

위대한 시

한 줄로도 써진다
한 줄로도 읽힌다

행간에 숨은 마음이다
마음속에 숨은 뜻이다

자유다
비폭력이다
홀연히 우뚝 선다

생명

닭에게 쪼였는지 줄기 꺾인 오이모종
간당간당 실낱끈에 잎푸르게 견디네
장하다
생명줄 붙든
여리여리 덩굴손

작고 노란 오이꽃 가슴에 품어안고
위태위태 바람을 깨끔발로 버티네
목숨을
꼭 끌어안은
치열한 이승의 삶

동네 고양이

부엌 창문 그림자 걸어가는 고양이
엎드려 낮게 기며 내 쪽을 흘깃흘깃
태생의
움추린 본능
눈치가 백단이다

언젠가 내 집마당 푸대 속에 새끼 치고
온전히 나간 기억 아직 갖고 있는지
가끔은
베란다 누워
나 좀 봐라 베짱이다

주인없는 한낮에 집지킴이 했노라고
퇴근한 나에게 야옹냐옹 잔소리질
영원한
내 것은 없는데
같이 살면 어떠냥

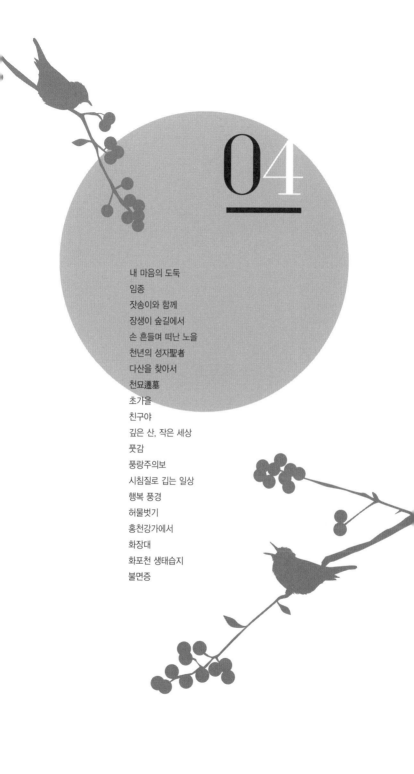

04

내 마음의 도둑

큰 맘 먹고 남편이 선물해준 가방인데
화장품 외장하드 손수건 필기도구
다 잃고
빈손을 보니
한숨 절로 나온다

당장은 불편해도 살겠지 어찌어찌
물건과 내 인연은 여기가 끝인 것을
자꾸만
안타까운 건
무슨 심사 때문인가

잃고 보니 더욱 더 아깝다고 느끼는
아둔한 처신머리 챙김 못한 아쉬움
차라리
이런 마음을
훔쳐가지 않고서

임종

삶이란 결국에는
마지막을 만나는 일

걸어갈 길 더는 없고
걸어온 길 아득하네

이승과
저승 사이는
문지방 하나인데

잣송이와 함께

산길을 걸어가다
주워 올린 잣송이

어디서 왔는지
우듬지를 올려보곤

가만히
말 걸어보네
외로워서 왔니?

잣송이 들려주는
이야길 듣노라니

송진 향기 알싸하게
코끝으로 스며오네

손바닥
진득한 인연
오래오래 남는 사연

장생이 숲길에서

똑같은 햇빛이며
똑같은 숲속인데

독을 품은 천남성
향을 품은 상산나무

똑같이
나고 자라도
생각대로 커간다

뾰로롱 삐쫑 새소리
삼나무 숲 바람소리

까악까악 까막까치
절물 오름 절물 소리

다 같이
모여 든 숲속
왁자한 장생 마을

손 흔들며 떠난 노을

오늘도 수고했어
내일 다시 만나자

바닷물에 발을 씻고
손 흔들며 떠난 노을

삶이란
날마다 때마다
이별하는 일인걸

헤어져도 마음 담아
못 잊는 내 습성은

슬픔을 이겨내는
또 하나의 버릇이네

잘 가라
안녕, 부디 안녕
고마웠어 오늘도

천년의 성자聖者

깎아지른 절벽에 목 비틀고 서 있는
바위는 바위대로 소나무는 소나무대로
주어진
목숨 지키는
저 공존의 높이여

우러러 깊고 깊은 허공은 저승이다
가사 한 벌 걸치고 천년을 산 성자聖者여
바위는
몸을 숙이고
산 하나를 받들었다

다산을 찾아서

다정히 마주 섞인
북한강 남한강이

살며시 스며들어
물안개로 피어나면

하얗게
새로 태어난
보드라운 젖 냄새

다사론 햇볕 속에
그윽한 서책 향기

백성을 사랑하는
다산의 어진 마음

퍼져라
너른 세상에
홍익인간 되어라

천묘 遷墓

오늘은 조상님들 새 터로 이사하네
흙으로 돌아가도 기어코 옮기심은
후손들
벌초봉양을
도울 심사라는데

어렵던 그 시절엔 일도 아닌 일들이
후손들 어렵다니 조상들이 양보하네
진토에
묻혀있어도
숙명인 내리사랑

초가을

햇빛 키운 가을이
온 누리 화창한 날

흰 이불 널어놓고
양지녘 볕바라기

깊숙이
흰 뼈에 닿는
다사로운 이 여운

친구야

꿈이었구나
머문 듯 흘러간 학창시절
못으로 판 책상낙서 칠판분필 하얀 가루
복도엔
양초 칠하고
구구단으로 닦았지

정情이었구나
눈감아도 아른대는 그 얼굴
고무줄놀이 딱지치기 함께 먹던 도시락 냄새
가슴에
도장밥처럼
따뜻하게 찍혔네

길이었구나
난 네게로 너는 내게로
보이지 않는 손으로 어루만지고 이끌어주며
내 삶에
동행이 되어
지켜보는 친구야

깊은 산, 작은 세상

산길 걷다 만나는 웅덩이 속 작은 세상
내려다 본 파란 하늘 빙 둘러선 나무들
지상의
문제를 두고
수군대는 구름들

잠시 머문 바람은 물결이랑 더듬는 중
심각한 소금쟁이 올챙이에게 답 청하니
모두가
자연의 이치
제 갈 길로 가라 하네

풋감

엊저녁 비바람에
설익은 맘 떨어졌다

사모는 성숙 못해
자국마저 희미하고

애닯은
이별 노래도
채 못하고 누웠다

풍랑주의보

일렁일렁 바다 마음
풍랑주의보 내렸다

두근두근 내 마음은
알릴 수가 없어서

이 한밤
마음주의보
그이에게 보낸다

시침질로 깁는 일상

죽었다 다시 깨는 신비로운 새벽 여명
아, 나는 살아 있네, 기쁜 하루 힘찬 시작
아침 해
행복한 미소
바람 속에 나서고

해님이 중천에서 쉬고 싶은 한낮 되면
마음에 점을 찍는 즐거운 점심시간
배꼽이
방긋이 웃는
한나절이 기우네

삶의 의미 되새기며 집으로 가는 저녁
시침질로 겨우 깁는 일상은 힘들어도
꿈 하나
가슴에 품고
흔들려도 버티며

저녁노을 끌고 온 밤의 장막 내리면
어렴풋한 그 어둠에 서녘 하늘 별이 뜨고
한 바퀴
돌아온 지구
고단한 몸 재우네

행복 풍경

가만가만 읊조리는 은호의 행복 음률
덜 익어 고개 숙인 억새길 창가에선
한 세월
살아냈음이
뿌듯한 단풍잎

날마다 해는 뜨고 해마다 가을 오니
순간순간 시절 시절 달라지는 풍경들은
아직도
살아있음을
감사하란 신호등

내 인생 늦가을에 손녀 함께 손을 잡고
수척해진 마음들에 작은 기쁨 채워 넣는
천진한
까만 눈동자
투영되는 가을 풍경

허물벗기

산길 걷다 우연히
매미 허물 보았네

정교히 등 가르고
벗어놓은 그 껍질은

누구나
아픔 겪으며
크는 거라 말하네

영혼이 빠져나가
가볍고 홀가분한

무덤 옆 나무 직벽
붙어있던 그 허물은

깨치며
살아가라네
탈피하며 살라네

홍천강가에서

한줄기 소나기가 훑어간 홍천 하늘
살림집 하얀 연기 살랑살랑 강바람
숲 나무
오소소 바람
밀어내는 가을 향기

강가 카페 의자에 내려앉은 저녁놀
커피 향에 휩싸여 갈색으로 변해가고
말없이
마주 앉아서
삭은 세월 추억하네

간이역 앞 만났을 땐 목숨 빛깔 젊었는데
흘러오며 나이 들어 모 닳은 조약돌 되어
강물에
흐르는 바람
조용히 함께 보네

화장대

어머님이 남겨주신 굴무기 궤 위에
딸아이가 선물로 준 조그만 간이 화장대
오늘도
화장을 하며
거울 본다 가만히

어머님과 딸애가 아침마다 지켜보며
오늘도 힘내라고 응원하는 것 같다
내 생은
화장을 하며
고운 마음 갖는 일

시간에 쫓기어 늘 서서 화장하는 난
어머님 사랑과 어린 딸 고운 마음을
지상에
뜨는 별처럼
매일매일 닦는다

화포천 생태습지

겨울 들녘 마른 억새 화포천 생태습지
오리들 노래소리 정다웁게 도각도각
평화는
넓게 펼쳐져
연못아래 분주하네

겨울 햇살 건넌 다리 다사로운 연못에는
산책 나온 바람결 갈대숲 서걱서걱
고요 속
분주한 새들
짝을 짓는 날갯짓

불면증

자려고 누우면
또렷해지는 의식

간이역 낯선 풍경
눈앞에 펼쳐지고

근심도
함께 모이면
이 또한 궁궐 한 채

작품
해설

소박하고 건강한
식물성 언어의 시학

이우걸(시인·한국시조시인협회 명예회장)

근대 이후 세계의 과학은 비약적으로 발전해왔다. 과학의 발달과 산업화는 자연의 파괴를 필요로 했다. 파괴가 주라 해도 과언이 아니었다. 그래서 산을 허물고 바다를 메우고 자연의 동·식물을 남획하는 등 야만적 사건들이 일상적으로 일어났다. 이러한 자연의 파괴가 그동안 우리의 삶을 편리하게 했고 풍요롭게 했고 행복하게 했다. 근시안적으로 보면 참 좋은 방법이었기 때문이다. 그러나 이제 그 부작용이 서서히 인간을 괴롭히기 시작하고 있다. 가령 미세 먼지나 기후의 변화, 생태계의 교란으로 인한 여러 문제는 그런 보복의 종류들이다. 지금 번져 나가고 있는 무서운 신종 코로나 바이러스까지 그 원인을 그러한 것에서 찾아내고 자성을 촉구하는 사람들이 적지 않다. 이러한 시기에 나온 장승심 시인의 《울 어머니 햇빛》은 인간이 어떻게 살아야 하는 가를 은유적으로 보여주는 건강하고 따스하고 아름다운 자연 예찬의 서정 시집이다. 다변적이지도 않고 야단스런 수사도 없는, 담백하고 건강한 이런 시집이 이 시기에 나오게 된 것은 다행스런 일이라 생각한다.

1

실존적 회의와 그 극복을 위한 몸부림이 담긴 〈먼지에 관한 명상〉은 다음과 같다.

> 머리를 비운다 끊임없는 생각들
> 소리를 읽는다 물소리 음악소리
> 나는 왜 여기에 앉아 눈을 감고 헤매나
>
> 본래의 나는 어디에서 왔는가
> 미래의 나는 어디로 가는가
> 참으로 실재하는 나 있기는 한 건가
>
> 몸과 맘은 바람 같아 흐르고 흐르다가
> 한 여름밤 꿈처럼 허공에 구름처럼
> 내 영혼 자유로운 날 먼지 되어 소멸하리

삶의 근본적인 회의가 이 시조를 쓰게 된 이유다. 여기서

'먼지'는 화자가 최후에 되고 싶은 대상이다. 과장도 허무도 아니다. 그만큼 얽매임에 고통스러워하는 현대인의 실상을 드러내고 있다. 그것은 자유의 다른 이름이며, 자유로운 영혼의 다른 이름이며, 흐름을 다 하고 난 뒤의 그 무엇인 것이다. 따라서 이 작품은 자신이 자신인 것을 인식하지 못할만큼 부자유스럽고 스스로의 의지로 판단하고 행동 할 수 없을 만큼 혼돈 속에 빠져있는 현실을 역설적으로 표현하고 있다. 이러한 혼돈을 어떻게 극복할 수 있을까. 그 방법은 다양할 것이다. 화자는 자연과 종교를 통해 그 방법을 찾으려 하고 있다.

책 읽다 눈을 드니 창밖엔 세풍사우
뽕나무 푸른 오디 잎새 뒤 숨어 크고
어딘가
뻐꾹새 울음
젖지 않고 들려오네

다른 어미 맡긴 새끼 잘 크는가 걱정인지
남의 알을 밀어버린 자기 죄를 고하는지
비에도
씻지 못하는
고해성사 뻑뻐꾹!

— 〈뻐꾸기 고해성사〉 전문

한유하고 정겨운 산촌풍경이다. '뽕나무'와 '오디, 탁란의 습관으로 알을 부화시키는 '뻐꾸기' 울음소리, '세풍사우'가 모여서 그런 분위기를 연출해내고 있다. 인간의 복잡한 이해관계가 난마처럼 얽힌 도시의 모습은 아니다. 그러나 여기에도 속세의 그림자가 가볍게 드리워져 있는 것은 사실이고 또 속세를 떠나지 않는 한 어쩔 수 없을 것이다. 가령, 2세 양육문제나 다른 새의 알을 밀어내는 뻐꾸기의 모습 등은 뻐꾸기의 얘기가 아니라, 어쩌면 오늘날의 세태를 걱정하는 마음인 듯도 하다.

> 가을빛 지나간 자리
> 구멍 뚫린 떡갈 낙엽
>
> 온 산을 덮고 있구나
> 소식 무성 하구나
>
> 자꾸만 가렵던 귀가
> 암호 풀린 가을 산
>
> ―〈무학산 가을 통신〉 전문

벌레 파먹은 '떡갈나무' 낙엽, 바람이 불면 소리를 낸다. 그 모습을 암호가 풀렸다고 표현하고 있다. 이 풍경도 '소식'이나 '암호'등이 있는 걸 보면을 완전히 자연에 몰입한 모습

으로는 볼 수가 없다. 그러나 비교적 맑고 조용한 산 속 풍
경임은 분명하다.

가야산 휘어감아 굽이굽이 흘렀다
세속 말씀 지워놓고 독경이나 하자고

갈수록
멀고도 험한
초록빛 묵언수행

흘러가는 산 속 일도 물빛만큼 맑았다
호통소리, 죽비소리 가슴으로 품어 안고

오늘도
씻어 내리며
낮춰 흘러가는 길

— 〈가야산 소리길〉 전문

　이 작품 속에도 세속과의 절연을 강조하고 있다. 강조하고
있다는 것은 아직 세상의 일을 잊지 못하고 있는 현실을 역
으로 말하는 것이다. 그 작업 자체가 멀고도 험한 묵언 수
행의 길이다. 그래서 조심조심 독경 속으로 마음을 모아보
려 노력한다. 그것이야 말로 혼돈 속에 빠져있는 스스로를

치유하는 하나의 바람직한 방법이기 때문이다.

2

　이제 돌아보고 회의하는 단계를 벗어나 자연이나 종교에
몰입하여 쓴 수채화 같은 작품들을 찾아 읽어보려 한다.

　　봉우리 아홉 개라
　　구병산이라 했다던가

　　숨차 오른 등성이로
　　솟구친 바위들이

　　하산 길
　　뒤돌아보니
　　아홉 폭 병풍이다

　　바위산 어느 틈에
　　생명의 물 품었던가

　　졸졸졸 물소리가
　　봄을 몰고 내려오니

　　산수유

고운 향기에

온 산하가 눈을 뜨네

―〈구병산에 오는 봄〉 전문

봄의 풍경이 생생하게 담겨있다. 운율감이 살아나고 오로지 구병산 외엔 다른 속세의 흔적이 보이지 않는다. 자연에 몰입한 풍경이다. 〈나뭇잎 보시〉나 〈수국〉도 다 그런 경지다. 속세의 그림자가 없다. 고요하고 명징한 산수화다.

그러한 자연에의 몰입의 눈으로 그려낸 가작으로 〈천년의 성자〉가 먼저 눈에 뜨인다.

깎아지른 절벽에 목 비틀고 서 있는

바위는 바위대로 소나무는 소나무대로

주어진

목숨 지키는

저 공존의 높이여

우러러 깊고 깊은 허공은 저승이다

가사 한 벌 걸치고 천년을 산 성자여

바위는

몸을 숙이고

산 하나를 받들었다

―〈천년의 성자〉 전문

'소나무'와 '바위'가 '깎아지른 절벽'에 서 있다, '공존'의 모습이다. 둘 중 하나가 이탈하면 이 풍경은 균형을 잃는다. 그 균형을 잃지 않기 위해 서로의 소임을 다 하며 긴 세월을 이겨왔다. 그래서 바위와 소나무는 이미 한 몸이 되어 가사 한 벌로 천년을 산 성자가 된 것이다. 둘째 수 종장 '바위는 몸을 숙이고/산 하나를 받들었다'는 헌신으로 지켜낸 풍경을 표현하는데 얼마나 적절한 표현인가.

　다음 두 편도 자연을 그대로 그리고 있는 단정한 시편들이다.

　　햇빛에 산은 졸고
　　미륵도 눈 감은 곳

　　황금빛 날개 치며
　　푸드득, 꿩이 날자

　　젊은 산
　　초록빛 파도
　　저리 출렁, 입니다

　　　　　　　　　　　　　　　　　　　　　　　　　　　　　－〈꿩, 날다〉 전문

　　가을이 오는 산길
　　풋 도토리 굴러가네

땅으로 내려올

준비가 안 됐던지

채 익지

못한 아쉬움

태반집 꼭 잡고 있네

―〈도토리〉 전문

자연을 자연 그대로 바라본다. '꿩이 날자' 청산이 '초록
빛 파도'로 물결치는 모습을 볼 수 있는 눈은 세속의 굴레로
부터 벗어나지 않으면 볼 수 없다. 익지 않은 도토리가 되지
않도록 태반집을 꼭 잡고 있는 도토리나무를 살필 수 있는
눈은 자연에 몰입하지 않으면 불가능한 눈이다. 그 풍경을
보다 효과적으로 표현하기 위해 단시조를 활용하고 있다. 이
러한 풍경을 보아내는 시인은 어린이거나 어린이의 마음에
닿을 수 있는 이가 아닐까. 이 작품은 동시조라고 해도 좋을
만큼 순진무구한 그림이 되고 있다.

3

이제 이 시인의 인생관이 담긴 작품을 살펴보려 한다.

평생을 오체투지

다음 생을 기약하며

죽으라면 죽으리라

거룩한 용맹정진

마지막

서사시 한 편

한 줄 글로

쓰고 있네

— 〈서사시를 위하여〉 전문

　〈서사시를 위하여〉라는 단시조다. '민달팽이'라는 부제를 붙여 놓았다. 민달팽이의 여러 모습을 보고 불굴의 정신을 읽어내고 서사시를 생각해낸다. 독자 편에서 본다면 민달팽이는 작자 스스로의 작가적 자세로 읽혀질 수도 있다. 더구나 '다음 생을 기약하며'라는 언술에서는 그의 투철한 불교적 세계관을 보게 된다. 그의 시세계에서는 어느 곳에서도 자연스럽게 불교적 사유가 스며있다. 그리고 그런 언술에서 필생의 의지를 읽을 수 있는 것은 물론이거니와 예술가로서의 굳건한 자세에 외경의 마음을 갖게 된다.

어디선가 작은 아이 달려 나올 것만 같아

족대낭 울타리는 눈에 익은 풍경인데

사람은

다 어디 갔나

빈 거리에 침묵만

나는 모르노라 참으로 모르노라

누가 누구를 죽음 앞에 고했는지

죽어도

못 감은 두 눈

통곡도 사치였구나

까닭없이 죽은 목숨 곡절 속에 잃은 마음

어이하여 어이하여 어이하여 어이하여

먼 하늘

울음 머금은

구름조차 무겁구나

—〈사라진 마을 4.3길에서〉 전문

혼돈의 시대에 저질러진 비극을 그는 호곡하듯 노래하고 있다. 제주의 시인으로 당연히 불러야할 4.3의 애가를 이렇게 불러보고 있다. 어떤 권력도 순수한 민의를 마음대로 짓밟을 수 없고 그러한 왜곡된 역사 앞에서 침묵해선 안 된다는 결연한 의지를 이 작품은 보여준다. 일반적으로 이 시인이 보여주는 자연이나 종교적 사유와는 색깔이 다르다. 오브제에 따라 주제에 따라 그럴 수밖에 없다. 그러나 우리가

앞서서 읽었던 자연 예찬의 시조들은 혼돈에 빠진 자신을 정돈하기 위한 처절한 자기 검열과 정화를 위한 몸부림의 과정으로 읽어야 한다.

돋보기 쓰고 앉아 손톱을 깎다 보니
햇볕 밝은 양지에 어린 나를 앞에 두고
둥글게
다듬어주시던
아버지가 그립습니다

세로줄 무늬에다 선명한 반월 모양
그 옛날 도장 파던 아버지 닮은 손톱인데
재주는
닮지 못하니
생김새가 아쉽습니다

모나면 안 된다고 남 다치게 한다고
정성들여 쇠 가위로 조심조심 둥글리던
아버지
초승달 손톱
웃는 것만 같습니다

— 〈아버지와 손톱〉 전문

노년에 닿아가는 시인들에게 회고 정서는 어쩔 수 없는 것이다. 그러나 이 시인은 밝고 아름답게 노래한다는 특징이 있다. 이 작품에서도 어린 딸이었던 필자의 손톱을 깎아 주시던 아버지를 회고하며 그리워한다. '반월 모양' '둥글리며' '조심조심' 등의 언어에서 느낄 수 있는 바와 같이 항상 정성을 다해, 겸손하게, 둥글고 아름다운 상상 공간을 그의 작품들은 만들어 낸다.

〈떠난 집〉 같은 작품에서도 산골의 고향을 돌아가고 싶은 따스하고 정겨운 낙원으로 그리고 있다.

맺으며.

개략적으로 장승심 시인의 시세계를 지금까지 살펴보았다. 우리는 앞에서 그의 시학의 문을 열기 위한 단초로 명상적인 시조 한편을 먼저 화두에 올렸다. 그 속의 화자는 번뇌의 바다에서 부침하고 있는 우리 모두의 자화상이었다. 그 광란 같은 혼돈을 극복하기 위해 선택한 그의 불교적 세계관과 자연에의 몰입을 몇몇 작품을 통해 살펴보았다. 그리고 〈사라진 마을 4.3 길에서〉를 읽으면서 역사적 진실을 위해 강고하면서도 눈물을 머금은 그의 목소리를 들었고 작가로서의 확고한 태도를 〈서사시를 위하여〉에서 발견할 수 있었다. 이런 작품들의 점검을 통해 이제 우리는 조심스럽지만 그의 작품을 통해 본 장승심 시학을 다음과 같이 정리하려 한다. 이 정리의 세목들은 그에 대한 믿음의 세목인 동시에 사랑의 세목들이라 할 수 있다.

그는 겸손하고 성실한 시인이다. 그는 낭만적이고 긍정적인 시인이다. 그는 추억을 사랑하지만 과거 회귀적인 시인은 아니다. 그는 난해의 숲에 갇히지 않는 가독성 있는 시조를 쓰는 시인이다. 그는 자기검열이 철저하고 늘 깨어있기 위해 노력하는 시인이다. 그의 언어들은 언제나 밝고 따뜻하다. 그는 위험한 실험을 즐기지 않지만 늘 열려있는 눈과 언어로 세계를 보려고 노력한다. 이러한 특징을 식물성 언어라고 불러본다.

한국시조문학사의 발전을 위해 창작에 더 많은 시간을 투자하게 된다면 그는 평범한 독자들과 시적 우의를 더 넓게 나눌 수 있는 시인이라고 생각하며, 그의 내일에 기대를 건다. 이런 확고한 우리들의 믿음은 그의 작품이 보여주는 시적 매력과 예술가적 태도 때문이다. 시집 발간을 축하하며 거듭 건필을 빈다.